SÉANCE EXTRAORDINAIRE

DE LA SOCIÉTÉ

DE LA

MORALE CHRÉTIENNE

INAUGURATION

Du Buste de M. Villenave.

PARIS

IMPRIMERIE MAULDE ET RENOU,
Rue Bailleul, 9-11.

1846.

SOCIÉTÉ

DE LA

MORALE CHRÉTIENNE.

La Société de la Morale chrétienne a tenu une séance publique extraordinaire, en l'honneur de M. Villenave, son ancien président, mort au mois de mars de l'année dernière.

Une nombreuse assemblée se pressait dans la salle de la Société, animée du désir de rendre un dernier hommage à un homme qui fut aussi distingué, par son talent d'écrivain que par ses vertus et son beau caractère.

Une circonstance rendait cette séance plus intéressante encore : la fille de M. Villenave, madame Mélanie Waldor, avait offert à la Société le buste de son père, fait par un jeune sculpteur, M. Ogé, qui a reproduit les traits de M. Villenave avec une rare perfection ; ce buste devait être inauguré à cette séance.

Madame Mélanie Waldor n'a voulu céder à personne la tâche sainte et douloureuse de faire l'éloge de son père, et sa plume qui a écrit tant de beaux vers puisés à la source si féconde de son cœur et de sa brillante imagination, a été guidée dans ces pages éloquentes et vraies, par le sentiment le plus profond de la tendresse filiale. Devant l'image noble et vénérée de son père, madame Waldor a été trop émue pour lire elle-même l'éloge qu'elle avait écrit ; un ami de la famille, M. Ortolan, jurisconsulte distingué, professeur à l'École de droit, a accepté l'honneur de remplacer madame Waldor, et la lecture qu'il a faite avait une expression si touchante, qu'elle faisait oublier le rare talent du lecteur : ce beau morceau a produit une vive impression et fait verser des larmes aux nombreux amis de notre ancien président.

Après lui, M. Armand Gervais, avocat, secrétaire général de la Société, a rappelé, dans un exposé plein d'intérêt, tout ce que M. Villenave a dit et écrit pendant 25 années, dans le sein de la Société de la Morale Chrétienne.

L'assemblée a écouté avec une vive émotion ces deux discours qui ont pour ainsi dire reproduit de nouveau cet homme vénérable à nos cœurs en même temps que son buste le représentait encore à nos yeux.

DISCOURS DE MADAME MÉLANIE WALDOR.

Messieurs, j'ai contracté avec la Société de la Morale Chrétienne une dette chère et sacrée, car elle se rattache à la mémoire de mon père qui avait consacré la dernière partie de sa vie à cette œuvre vraiment belle, vraiment chrétienne. Je me suis engagée envers elle à faire moi-même, quelque

déchirante que soit cette tâche, la notice de mon
père, afin que cet hommage filial soit, entre lui
et cette Société qu'il a tant aimée, le dernier an-
neau d'une chaîne que la mort seule pouvait briser.

Le temps, qui efface tout, n'a pu effacer mes regrets; j'avais trop présumé de mes forces; j'ai
repris et quitté vingt fois cette notice qui est res-
tée inachevée. Je disais trop ou trop peu. La
douleur m'empêchait de classer avec ordre les faits
les plus importants de la vie de mon bien-aimé
père; mais aujourd'hui que j'ai acheté son cabinet, objet de ses soins et de son amour, aujour-
d'hui que j'ai recueilli au milieu de ses papiers
quelques notes sur sa vie, je vais le laisser parler.
Ce ne sera plus sa voix, qui si souvent vibra douce
et puissante dans cette enceinte où vous vous réu-
nissez, Messieurs, en souvenir de lui; mais ce sera
encore son style et sa pensée.

Voici les premières pages de ce qu'il avait appelé
les mémoires de sa vie.

« Je suis né à Saint-Félix de Caraman, le 13
« avril 1762; mon père, Antoine Villenave, que
« je perdis dans mon enfance, était un habile
« médecin de la Faculté de Montpellier, et ma
« mère, Catherine David, appartenait à une des
« premières familles de Carcassonne, les David
« d'Escalonne et de Cambon.

« A neuf ans, ma mère et mes oncles me desti-
« nèrent à l'état ecclésiastique, quoique je fusse,

« l'aîné de sept enfants. Ils voulaient conserver
« dans la famille un bénéfice que l'un de mes
« oncles devait me résigner. Je n'étais pas né
« pour les choses vulgaires, j'avais été élevé jus-
« qu'à l'âge de sept ans dans un couvent de reli-
« gieuses de Ste-Claire par ma marraine qui avait
« pris le voile le lendemain de mon baptême. Le
« crédit de ma famille maternelle m'obtint des
« dispenses d'âge et je fus conduit à St-Papoul,
« où l'évêque pour me tonsurer me fit asseoir sur
« ses genoux.

« J'avais été prodigieusement gâté par ma mar-
« raine et les bonnes religieuses de Ste-Claire.
« La transition du couvent au collége fut rude et
« difficile. Mais bientôt je pris un tel goût à l'é-
« tude, que ma mère, craignant pour ma santé,
« venait m'arracher à mes lectures. Alors je m'é-
« chappais et j'allais étudier mes leçons autour
« de la flèche du haut clocher de St-Félix, d'où
« l'on domine un rayon de dix à douze lieues. Je
« grimpais à travers la charpente des cloches, car
« il n'y avait point d'échelle pour arriver sur la
« terrasse du clocher, cette terrasse sans garde-
« fou n'avait que deux pieds de largeur, et je
« courais dessus tout autour de la flèche... Un
« étourdissement, un faux pas m'eût précipité
« d'une hauteur de plus de deux cents pieds.

« Je remportai tous les prix au collége de St-
« Félix, où je fis mes études jusqu'en philosophie.

« Mais loin de rechercher les livres de théologie,
« je les mettais de côté pour mes poètes favoris.
« Ma famille jugea à propos d'obtenir pour moi
« une bourse au séminaire de Toulouse, tenu par
« les prêtres de la mission qui avaient succédé
« aux Jésuites et qui se trouvait alors sous la di-
« rection de M. Cayla, devenu depuis général de
« son ordre. Mais au lieu d'écouter les leçons de
« ces messieurs, j'avais toujours en poche un
« poète et j'étais un fort mauvais disciple.
« On me surprenait sans cesse lisant dans ma
« cellule, même pendant les heures de récréation.
« Toutes les réprimandes étaient inutiles, et
« comme on avait une grande indulgence pour
« moi, afin d'être agréable à ma famille, au lieu
« de m'infliger des punitions, on imagina un jour
« que j'étais sorti, de faire enlever de ma cellule
« tous les ouvrages de littérature, et quand je
« rentrai, j'eus la douleur de ne trouver que les
« livres suivis dans mes classes et mon livre de
« prières.

« Je me mis alors à écrire des vers, et pour les
« soustraire à l'inquisition des lazaristes, je les
« cachai dans les fentes du plancher de ma cellule.
« Le directeur du séminaire finit par trouver
« que la bourse pourrait être mieux occupée, et je
« revins dans ma ville natale, où je vécus de mon
« bénéfice jusqu'à l'âge de 19 ans. Je n'avais au-
« cune vocation pour l'état ecclésiastique ; j'étais

« entré au chapitre, balayant de mon aumusse
« les dalles du chœur; mais souvent un livre pro-
« fane remplaçait un bréviaire dans mes mains:
« je lisais quand les autres chantaient.

« Malgré les larmes de ma mère qui, ayant
« deux évêques dans sa famille, me voyait en
« chemin de le devenir moi-même, je résignai ma
« prébende à un de mes frères et j'annonçai le
« dessein que j'avais de voir Paris et d'entrer dans
« les gardes-du-corps. Toute ma famille se réunit
« pour me détourner de faire ce voyage, mais
« voyant que mon parti était bien pris, ma mère
« consentit à cette séparation qui devait être sans
« terme sur la terre.

« Je partis emportant avec moi les bénédictions
« de ma mère, un vague souvenir d'une novice
« du couvent des saintes Claires, mon bâton de
« voyage et une modique somme d'argent. Je
« laissai derrière moi bien des cœurs attristés,
« bien des yeux mouillés de larmes, j'avais pro-
« mis de revenir.... Je n'ai jamais revu ni ma
« mère, ni cette jeune fille, ni mon pays.

« En arrivant à Paris en 1783, un obstacle
« que je n'avais point prévu m'empêcha d'entrer
« dans les gardes-du-corps, il aurait fallu faire
« deux ans de surnumérariat et par conséquent
« avoir un peu de fortune. Je résolus de conser-
« ver l'habit ecclésiastique qui donnait entrée
« dans le monde et une espèce de considération

« que recherchèrent sous le même costume les
« abbés Prévôt, Mably, Barthélemy, Ricard et
« tant d'autres.

« L'abbé Ricard, le savant et vertueux traduc-
« teur de Plutarque, me servit de père et m'aima
« toute sa vie ; ce fut lui qui m'ouvrit la carrière
« de l'éducation. Le duc de Richelieu me confia
« l'éducation des fils du duc d'Aumont, et je partis
« pour la terre de Courteille. Là commença pour
« moi la plus douce et la plus riante époque de
« ma vie, Je devins l'ami de cette noble famille,
« et les belles années de ma jeunesse s'écoulèrent
« au château de Versailles et au château du duc
« de Pienne. Là je voyais souvent Mme de Staël,
« et je puis dire que, sans avoir rien fait pour mé-
« riter ses bonnes grâces, j'étais cependant ac-
« cueilli par elle avec toutes sortes de préfé-
« rences. Je n'en tirais point alors vanité, J'y ai
« songé depuis avec reconnaissance.

« Cependant, la fortune qui semblait me sou-
« rire en toutes choses, avait poussé Mme la du-
« chesse de Polignac à parler de moi à la reine
« Marie-Antoinette. On pensait à me nommer pré-
« cepteur du Dauphin. Je fus présenté à la reine.

« Quelques mois après, la révolution éclata et
« me jeta à l'âge de vingt-sept ans dans la tour-
« mente politique. Je quittai l'habit clérical, et
« j'embrassai, avec l'ardeur des âmes généreuses,
« cette grande cause du peuple au nom de la-

« quelle, plus tard, quelques hommes égarés de-
« vaient commettre des crimes irréparables.

« Je fondai, à la fin de 89, le *Rôdeur français*,
« et je me rendis à Nantes, en 92, pour me ma-
« rier à une anglaise, femme aussi supérieure par
« le cœur que par l'esprit. Ce mariage me fixa à
« Nantes, et j'embrassai la carrière du barreau.
« J'ai été avocat, ou plutôt défenseur officieux à
« Nantes depuis la fin de 1792 jusqu'après le
« Consulat, c'est-à-dire pendant environ dix ans.
« Ma première cause fut un triomphe, je fus de-
« puis heureux dans presque toutes les causes qui
« se présentèrent, excepté dans la mienne. Arrêté
« le 9 septembre 1793, je ne devins libre que
« deux mois après le 9 termidor. J'avais couru
« les dangers de mourir du typhus dans les pri-
« sons de Nantes, d'être fusillé à Ancenis, noyé à
« Angers, et guillotiné à Paris, où j'eus des con-
« clusions à mort, et où le jugement des 132 Nan-
« tais, qui fut imprimé et qui commence par moi,
« me déclare atteint et convaincu d'avoir cons-
« piré contre *l'unité et l'indivisibilité de la Répu-
« blique*. Avec ce raisonnement singulier : Mais
« attendu qu'il ne l'a pas fait avec des intentions
« contre-révolutionnaires, déclare qu'il est ac-
« quitté et mis en liberté.

« Je retournai à Nantes dans l'an iii, j'y dé-
« fendis Charette, le général Monbrun, gouver-
« neur de St-Domingue, tous les émigrés, tous

« les prêtres mis en jugement. Je ne demandais
« rien, et je fus mal payé. A me voir plaider tant
« de causes majeures, toute la ville et ma famille
« même croyaient que je gagnais annuellement
« des sommes considérables, tandis que j'avais
« bien de la peine à recevoir un millier d'écus
« par an. L'ingratitude de tant de nobles clients,
« qui m'embrassaient, qui pleuraient même de
« joie d'avoir conservé par mes soins leur vie et
« leur fortune, me dégoûta d'un état qu'on ne
« peut faire utilement que comme un *métier,* en
« se faisant payer d'avance, et lorsque l'établis-
« sement de l'Université régla l'ordre du barreau,
« je négligeai de prendre mes degrés. J'eus peut-
« être tort. J'ai parfois regretté ces émotions puis-
« santes, cet enivrement qui me faisait monter à
« la tribune et improviser, sans aucune prépara-
« tion, des discours que le bruit des applaudisse-
« ments interrompait presque toujours, et dont
« il m'était impossible après de me rappeler un
« seul mot.

« A la fin de l'année 1803, je vins me fixer à
« Paris, et je me logeai rue St-Victor, à un cin-
« quième étage, dans l'appartement du poète
« Delille. J'avais abandonné la poésie depuis que
« j'étais entré dans la vie politique; je faisais jadis
« des madrigaux fades, des épigrammes sans sel,
« je m'étais rendu justice. Mes goûts d'ailleurs
« avaient changé comme il arrive si souvent aux

« différentes phases de la vie. J'embrassai avec
« amour la carrière laborieuse du savant et de
« l'homme de lettre. »

Ici, Messieurs, les notes de M. Villenave sont
trop détaillées et dépasseraient le temps consacré
à cette lecture. J'emprunte à M. E. Loudun, auteur d'une des dernières notices faites sur mon
père, le tableau rapide qu'il y fait de ses travaux.

« Dans les premières années de l'empire,
« M. Villenave commença cette suite de travaux
« sérieux, de recherches longues et importantes,
« d'études historiques, dont la liste étonne, tant
« elle prouve d'activité, de veilles et d'énergie.
« Tout à la fois il rédige le journal des curés, que
« l'empereur soutenait; il publie la traduction
« d'Ovide, une des plus estimées que nous possé-
« dions, et la fait précéder d'une vie d'Ovide, où,
« à force de recherches et avec une sagacité rare,
« il découvre un nouveau motif, le véritable pro-
« bablement de l'exil d'Ovide, opinion aujour-
« d'hui adoptée dans presque toute l'Europe sa-
« vante. Il devient un des collaborateurs les plus
« importants de la biographie universelle de Mi-
« chaud, où l'on trouve plus de 300 articles,
« presque tous sur des noms considérables, signés
« par lui. Il entreprend deux immenses ouvrages :
« une nouvelle Vie des Saints, dont il donne les
« sept premiers volumes, et une grande Histoire
« de France.

« Ce n'est pas tout; sans interrompre ses étu-
« des ordinaires, il prépare des éditions com-
« plètes de plusieurs écrivains du dix-huitième
« siècle, Duclos, Barthélemy, Marmontel, Tho-
« mas, et les enrichit de notes et de notices bio-
« graphiques puisées à des sources originales.
« Ainsi il touchait en même temps à l'antiquité,
« au moyen-âge, aux temps modernes, à l'histoire,
« à la littérature, à la philosophie. Nul auteur
« n'est plus occupé et ne travaille davantage.
« Comme Pline, il croit qu'il n'est pas un instant
« qui ne doive être employé à la science. Le ma-
« tin il rédige la *Semaine*, journal de critique
« dont les arrêts avaient une valeur considérable
« dans la république des lettres, et compose sa
« curieuse vie d'*Abélard*, petite brochure dont
« les derniers exemplaires se vendaient jusqu'à
« 12 francs. Il écrit une foule de notices pour l'en-
« cyclopédie des gens du monde et la galerie des
« hommes utiles, et traduit *Virgile*, de la collection
« Panckoucke. Le soir il fait pendant plus de cinq
« ans à l'Athénée un *cours d'histoire littéraire de
« France* que les savants et les littérateurs les plus
« distingués, MM. Mignet, Lacretelle, Boissy-
« d'Anglas, s'empressèrent de suivre, tant il sut
« y répandre de charme et d'érudition.
« La traduction des métamorphoses d'Ovide
« aurait dû lui ouvrir les portes de l'Académie;
« mais alors, comme aujourd'hui, les portes du

« sanctuaire ne s'ouvraient pas toujours aux plus
« dignes, et le modeste savant dédaigna de faire
« aucune démarche : renfermé dans son cabinet,
« au milieu de ses livres, dont beaucoup étaient
« si rares qu'on ne les trouvait pas à la Bibliothè-
« que royale, de ses manuscrits, de ses objets d'art,
« il représente le véritable homme de lettre, labo-
« rieux, sans désir et sans ambition. Il n'allait
« chercher aucun honneur. Chacun rendait jus-
« tice à son mérite, à ses vastes connaissances,
« mais il se laissait oublier et on l'oubliait. »

J'ai trouvé, Messieurs, parmi les papiers de mon
père un travail aussi curieux qu'intéressant, inti-
tulé : « Table des personnes que j'ai connues dans
ma vie, faite de mémoire seulement dans la jour-
née du 16 juillet 1829, travail prodigieux conte-
nant douze cents noms retrouvés dans ma mémoire. »

Au dessous de ces lignes mon père avait écrit
ces paroles remarquables :

« L'homme en vieillissant vit avec lui-même, il
« n'est plus en harmonie avec le présent, il se re-
« jette dans le passé, il repasse sa vie; sa pensée
« et son existence sont dans ses souvenirs! A
« soixante-huit ans j'ai recherché dans ma mé-
« moire les noms des personnes que j'avais con-
« nues ou avec qui j'avais eu des relations. J'en
« ai dressé la liste alphabétique, elle comprend
« environ mille noms. J'ai marqué d'une croix

« ceux dont la mort m'est connue, il y a près de
« quatre cents croix, et si sur cette liste ne se trou-
« vaient un grand nombre de jeunes gens ou
« d'hommes dans la force de l'âge que je ne con-
« naissais pas encore il y a vingt ans, et si j'avais
« su positivement le décès de beaucoup d'indi-
« vidus que je n'ai point *croisés* sur cette liste, il
« y aurait à peine cinquante vivants. »

Mon père, dans les dernières années de sa vie,
retrouva pour la poésie cette même passion qu'il
avait eue dans sa jeunesse, mais au lieu des madrigaux et des épigrammes, qu'il a jugés peut-être
trop sévèrement, il composa des poëmes sublimes
sur l'immortalité de l'âme et des pièces fugitives
pleines de sentiments élevés, de tendresse infi-
nie ! Son intelligence semblait s'agrandir à me-
sure que les années le rapprochaient de cette autre
vie à laquelle il croyait avec tant de foi.

Je n'essaierai pas de raconter ici sa charité
inépuisable, ses jours consacrés au bien, son indulgence presque divine, sa bonté évangélique.

Je n'ai su moi-même ce qu'avait été cette vie
active et sans tache, qu'en ouvrant ses livres et
ses cartons. Ce que les uns renferment de notes,
ce que les autres renferment de projets commen-
cés, de recherches curieuses et de souvenirs précieux est innombrable. Il embrassait tout, il jetait
de l'intérêt sur les plus petites choses. Le caillou
que des yeux moins clairvoyants que les siens

auraient pu prendre pour une pierre brute, par
lui se changeait en diamant. On se sent saisi
de respect et d'admiration en face de l'ordre qui
règne dans toutes ses œuvres, les unes d'intelligence et d'imagination, les autres remplies de cette
science profonde et de cette patience laborieuse
qui va chercher dans le connu l'inconnu et l'a-
venir dans le passé.

Mais pour moi, Messieurs, ce que j'éprouve
dans ce cabinet, vide aujourd'hui de celui qui lui
donnait la vie, ne peut ni s'exprimer, ni se dé-
finir. Ses trésors bibliographiques ne sont point
ceux qui parlent à mon âme. Quelques lignes in-
times de cette chère écriture, quelques vers ina-
chevés, quelques phrases disant sa vie si pure
et si noble, voilà ce qui est pour moi un inap-
préciable trésor.

J'ai trouvé parmi les plus chers souvenirs de
mon père, les broderies à emblèmes divins des
religieuses de Sainte-Claire ; j'ai trouvé le petit
portefeuille où depuis 1830 il écrivait ses vers ;
beaucoup sont inédits ; beaucoup ne sont pas ter-
minés. J'ai trouvé l'agenda où il écrivait jour
par jour sa vie. Les dernières lignes écrites par
lui le matin même du jour où il est tombé ma-
lade pour ne plus se relever, lui si plein de force
et d'intelligence, lui qui en les écrivant croyait
remplir le lendemain le papier resté blanc ! Oh !
qui peut dire ce qu'il y a dans cette page vide,

de mots éloquents et de poignantes douleurs dans
ces lignes s'arrêtant tout à coup:

La noble et belle tête de mon père avait été re-
produite plusieurs fois par des artistes d'un émi-
nent talent; son portrait fait il y a huit ans par
Mme Eugénie Latil, fut un des tableaux les plus
admirés du salon de 1838. M. Villenave avait alors
77 ans, mais il faisait joyeusement et presque en
jeune homme la course un peu longue qui le sé-
parait de l'atelier de Mme Latil. Cette chère image
me rend encore son regard, son sourire et j'y re-
trouve cette adorable bonté qui le faisait aimer
de tous.

M. Husson, si connu par son beau talent, fit
il y a quinze mois le médaillon de M. Villenave, c'est une belle œuvre que j'ai pu offrir aux
amis de mon père et dont je serai toujours re-
connaissante à l'artiste. Mais de tous ces souvenirs celui qui s'identifie le plus à mes regrets,
celui qui place mon père plus près de moi, c'est
ce buste que la Société de la Morale Chrétienne
inaugure aujourd'hui.

Mon père sollicité par M. Ogé, huit jours avant
le délai fixé aux artistes pour envoyer leurs œuvres
au musée, consentit à poser encore, il n'avait cette
fois que son petit jardin à traverser, et M. Ogé,
qui joignait la célérité au talent, n'eut besoin que
de quatre séances.

Mon père s'intéressait vivement au jeune scul-

pleur, il fit des vœux avec lui pour que son buste
fût reçu, et se promit d'aller le jour même de
l'ouverture du salon, voir s'il était bien placé.
Deux choses l'occupaient ardemment, la récep-
tion du buste, et le discours qu'il devait pro-
noncer au milieu de vous, Messieurs...

Hélas ! trois semaines venaient à peine de s'é-
couler, que frappé mortellement par la maladie,
mon père demandait au médecin s'il serait guéri
le 26 du mois, et s'il pourrait présider la séance
qui devait avoir lieu dans cette enceinte ! Pendant plusieurs jours il fit la même question. Enfin
le 16 mars, le matin même de sa mort, le salon
s'ouvrait, et mon bien-aimé père demandait avec
sollicitude, si son buste était reçu ?.... Ce fut sa
dernière joie, il ne se voyait pas mourir !

Si M. Ogé est, comme je l'espère, en ce moment parmi nous, qu'il reçoive ici publiquement
l'hommage de ma reconnaissance.

Et vous tous, Messieurs, qu'il a aimés et qui
l'avez pleuré, vous qui fûtes pendant tant d'années présidés par lui, vous qui avez entendu son
éloquente parole applaudir au bien que vous ne
cessez de faire, qu'il soit encore avec vous. Nulle
société ne lui fut plus chère que la vôtre, et en
vous offrant ce buste, je savais bien qu'il serait
accueilli par vous tous, avec cette sainte religion
du cœur, qui éternise dans les nobles âmes le
souvenir de ceux qui ne sont plus !

Discours de M. Gervais.

Messieurs, dans une séance consacrée a l'inauguration du buste de M. Villenave, il a paru convenable et utile de présenter le tableau rapide des travaux dont cet ancien président de la Société de la Morale Chrétienne l'a enrichie, depuis le jour de sa fondation, c'est-à-dire depuis plus d'un quart de siècle. Cette tâche, je l'ai acceptée comme un devoir du cœur, et si je n'ai pas trop présumé de mon zèle et de ma bonne volonté, ce beau buste dont l'art et la piété filiale nous ont fait hommage, reposera désormais sur le plus digne piédestal, sur celui que s'était préparé lui-même par ses vertus et par ses œuvres l'homme illustre dont l'image vénérée reparaît aujourd'hui parmi nous.

Les travaux de M. Villenave se lient trop intimement à l'histoire même de notre société pour que l'on puisse les séparer, vous me permettrez donc d'entrer dans quelques détails.

La Société de la Morale Chrétienne, fut fondée en 1821, année malheureuse, où après la perte de ses libertés politiques, immolées en holocauste sur la tombe du duc de Berry, la France voyait le hideux fanatisme se ranimer de toutes parts, et essayer de corrompre avec les préjugés d'un au-

2

tre âge, le sentiment religieux qui renaissait plus pur que jamais, après la tourmente révolutionnaire et les gloires de l'empire. Combattre ces tendances rétrogrades fut le but de la Société : Elle inscrivit sur son drapeau, le nom sublime de *Morale Chrétienne;* parce qu'il fallait rappeler plus fort que jamais, que cette Morale, ainsi que l'a si bien dit M. Villenave, a civilisé le monde en renfermant dans quelques principes simples, les plus purs éléments du pacte social.

La lutte ainsi engagée, c'est un devoir pour moi de vous rappeler quels furent les athlètes qui se présentèrent généreusement dans l'arène. A la première séance publique qui eut lieu, dans le local de la Société *pour l'encouragement de l'industrie nationale,* les élections de la Société de la Morale Chrétienne appelèrent au bureau pour président M. le duc de Larochefoucauld; vice-présidents, MM. le duc de la Vauguyon, le comte de Lasteyrie, le baron de Turkheim, pour secrétaire-général le comte Alexandre de la Borde, et secrétaires MM. le baron de Staël, Mahul, Rémusat et Coquerel.

On nomma pour le comité de rédaction MM. de Gérando, Goepp, Spurzheim, Stapfer et Guizot, et membres du conseil, MM. Lafondladebat, Villenave, de Kératry, Jullien de Paris, Marron, Treuttel, Lhorente et de Barante.

Vous voyez, Messieurs, que dans cette glorieuse

phalange de vos fondateurs, M. Villenave occupe
une honorable place, et il ne tardera pas à arriver à la première.

Bientôt les différents comités s'organisèrent;
le premier en date est celui d'*abolition de la traite
des noirs*, fondé le 8 avril 1822; M. Villenave en
fut un des membres les plus actifs, et dans une
des premières séances il utilisa au profit du comité, sa vaste science de bibliophile et tira de
l'oubli un morceau imprimé en 1780 dans le
Journal de Monsieur en faveur de la liberté des
noirs. Ce travail, que M. Villenave enrichit d'un
commentaire plein d'éloquence et de raison, a
été recueilli par le journal de la Morale Chrétienne, où il restera comme une des meilleures dis-
sertations qui aient été faites sur cet important
sujet qui fut l'objet d'un brillant concours ouvert
en 1825 dans notre comité.

Le 8 mai 1822, le *Comité des prisons* fut fondé et
l'on n'oubliera jamais la manière hardie dont il
aborda sa tâche en provoquant des concours sur l'*a-
bolition de la peine de mort*; et principalement sur la
réforme pénitentiaire, question aujourd'hui devenue
populaire, mais pour laquelle alors il prit l'initiative
et déblaya le terrain. En dehors de ces hautes études, la partie pratique des travaux du comité, la
défense gratuite des accusés, a toujours été réser-
vée à de jeunes avocats qui aiment à consacrer
les premières années de leur début au service du

malheur et de l'innocence, sans se laisser rebuter par l'aspect hideux des prisons. Tous ceux qui ont successivement accompli cette tâche vous diront quelle puissante influence exerçait sur leur zèle la parole de M. Villenave, car lui aussi avait été avocat et le courageux défenseur de Charette, de Hugues Monbrun, et de tant de Nantais proscrits, pouvait parler par expérience, et donner à tous les meilleures leçons de désintéressement.

Le 12 août 1822, l'*abolition des jeux et des loteries* attira l'attention d'un comité spécial de la société : M. Villenave eu fut un des membres les plus ardents, et c'est lui qui le premier, par une parole sortie du cœur et souvent répétée depuis, a flétri énergiquement la taxe sur les jeux en l'appelant *un impôt sur le deuil et les larmes des familles.* La Société ouvrit à ce sujet un double concours, et nous aimons à rappeler que l'un des lauréats, M. A. Vivien, depuis ministre de la justice, commençait alors sa brillante carrière.

Deux pétitions, l'une rédigée par M. Kératry, l'autre par M. Comte, furent adressées aux Chambres au nom de la Société. Tant d'efforts ne pouvaient rester stériles, et la loi est venue enfin donner satisfaction à la raison publique. Malgré ce triomphe, M. Villenave qui connaissait si bien les mille détours dont s'enveloppent souvent les passions humaines, craignait toujours de voir ce terrible fléau renaître sous une forme déguisée, et je me

rappelle qu'en 1843 les dames du comité de charité ayant eu l'idée d'organiser une petite loterie
de bienfaisance, malgré toutes les garanties qu'elles
pouvaient offrir à tous, le noble vieillard fit des
réserves publiques et énergiques, et voulut que la
Société n'autorisât cette loterie en son nom, que
par exception et sans que cela pût former un pré-
cédent fâcheux. Ne semble-t-il pas avoir deviné
les tristes scandales qui ont été donnés sous pré-
texte de philanthropie, et qui ont éveillé avec raison la sollicitude du gouvernement, et l'ont forcé
d'appliquer rigoureusement la loi.

Le 11 novembre 1822, la parole du vertueux baron de Gérando fit éclore le *Comité des Orphelins*.
M. Villenave paya son tribut avec exactitude et
modestie à cette œuvre si simple et si chrétienne;
souvent il fit entendre des paroles d'encouragement et offrit comme modèle aux membres du
comité, le récit si touchant qu'il a fait de l'insti-
tution de Mme de Kercado en faveur des enfants
délaissés.

Bientôt la Grèce qui se régénérait, appela à son
secours tous les amis de l'humanité : cet appel ne
pouvait manquer de trouver de l'écho au sein de
la Morale Chrétienne et l'on vit s'organiser ce
Comité grec qui jeta un si vif éclat, et dans lequel
figurèrent MM. de Larochefoucauld, de Broglie,
de Lasteyrie, Foy, A. de La Borde, Delessert et tant
d'autres : il recueillit des sommes qui dépassèrent

60,000 fr., et dès sa première séance la souscription ouverte atteignit le chiffre de 1,640 fr. Il est presque inutile de vous dire que le cœur de M. Villenave palpita vivement aux cris de liberté de la Grèce : lui qui connaissait si bien et qui admirait avec tant de cœur cette belle littérature, éclose sur le sol sacré de l'Attique, il semblait défendre le patrimoine de ses pères : car dans ce comité, les uns, au nom de la liberté, voulaient sauver la patrie d'Aristide et de Léonidas; d'autres, au nom de la poésie et des arts, voulaient sauver la patrie de Phidias, de Sophocle et de Pindare.

Telle fut avant 1830 la marche de notre Société, telle fut la part que M. Villenave prit à ses travaux : s'il sympathisa à ses succès et à ses triomphes, il ressentit non moins vivement ses douleurs et ses regrets. Aussi quand la Société eut à déplorer avec la France la mort de son illustre fondateur, quel cœur fut plus déchiré par l'indigne vandalisme dont un pouvoir frappé de vertige se rendit alors coupable. Je voudrais pouvoir, empruntant ses belles et simples paroles, vous rappeler cette scène douloureuse où les insignes d'un pair de France furent traînés dans la boue. Mais je me hâte de finir ce triste récit, en disant avec M. Villenave : « La Restauration a semblé préparer ses propres funérailles par une lâche insulte à celles d'un grand citoyen. »

Cette prédiction ne tarda pas à s'accomplir, et la Société, après avoir combattu sans relâche pendant dix ans, ne s'arrêta un moment que devant le triomphe de 1830. A cette époque, Benjamin Constant était notre président, succédant à MM. Guizot et de Broglie. Tous ces hommes que la Restauration avait éloignés des affaires, y furent naturellement appelés avec un régime nouveau : la providence n'accorda à Benjamin Constant que le temps nécessaire pour saluer l'aurore de jours meilleurs, mais Casimir Périer, MM. de Broglie, Guizot, de Barante, Montalivet et tant d'autres, arrivèrent par la force des principes et des idées qu'ils avaient professés dans le sein de la Société de la Morale Chrétienne. Si, au milieu du vide produit par tant de glorieuses retraites, et dans le fracas d'une révolution, notre drapeau ne disparut pas comme celui de plusieurs autres sociétés, il fut un instant voilé. Cependant autour de la tombe de Benjamin Constant, se groupèrent de nouveau les membres les plus ardents et les plus dévoués, et la Société bientôt reprit sa marche et ses travaux.

Avec un gouvernement nouveau on vit bientôt surgir des questions nouvelles, car le labeur social ne peut avoir de terme ici-bas. D'ailleurs n'y avait-il pas un vif intérêt à voir si tous

ces anciens amis de notre Société ne failliraient
pas dans l'application et ne transigeraient pas avec
ce qu'on appelle la nécessité des circonstances.
M. Villenave fut un de ceux qui prirent une part
plus large à cette continuation de notre Société.
Vétéran de nos luttes politiques, lui qui avait
bravé à Nantes les fureurs de Carrier, à Paris les
vengeances du tribunal révolutionnaire, il applau-
dit aux promesses du gouvernement nouveau et
sourit à l'espoir de voir se réaliser l'heureux ac-
cord de l'ordre et de la liberté. Mais quand même
son âge ne lui eût pas défendu d'accepter les fa-
tigues incessantes que commandent les affaires
politiques, son goût et son caractère étaient plus
à leur aise dans les loisirs calmes de l'étude et de
la philosophie. Il resta donc dans notre Société
comme une colonne haute et ferme sur laquelle
s'appuierait désormais l'édifice. Les membres dis-
persés reparurent alors plus nombreux que jamais
et le digne fils de notre illustre fondateur, M. le
marquis de Larochefoucauld-Liancourt, acceptant
noblement l'héritage que lui avait laissé son père,
nos travaux prirent une vie nouvelle et le drapeau
de notre Société fut de nouveau arboré par des
mains fortes et puissantes. C'était en 1832: parmi
les questions vitales et palpitantes qui occupaient
les esprits au lendemain de la révolution, une surtout, celle qui a pour but la recherche des moyens
d'améliorer la situation des classes laborieuses

occupa longtemps les séances de la Société. Des
conférences furent ouvertes sur ce beau et vaste
sujet; M. Villenave les présida avec l'autorité que
lui donnaient, à juste titre, sa haute raison et sa
longue expérience. La Société ne se contenta pas
de ces travaux intérieurs, elle fonda un prix pour
le meilleur mémoire sur ce vaste sujet. Plusieurs
travaux importants furent présentés, et ce fut une
vive satisfaction pour la Société de voir qu'une
question qu'elle avait préparée, dont elle avait fé-
condé les principaux éléments, attira l'année sui-
vante l'attention de l'Institut lui-même qui proposa un nouveau prix sur la même matière.

A cette question en succéda bientôt une autre
qui préoccupa vivement l'attention publique. Alors
une réunion de jeunes hommes ardents avaient
mis leur intelligence au service d'une doctrine
contre laquelle il ne suffit pas d'avoir dirigé
quelques traits d'une ironie facile, et qui a laissé,
il faut bien le reconnaître, après son passage, un
long sillon de lumière sur toutes les questions so-
ciales et d'économie politique. Vous avez com-
pris, Messieurs, qu'il s'agit du saint Simonisme. La
Société examina ces doctrines au point de vue de
l'Evangile et de la Morale Chrétienne, et ce fut le
sujet d'un nouveau prix qu'elle proposa. Les années suivantes ce furent des questions nouvelles
et des prix nouveaux : tantôt sur la *liberté de con-
science,* tantôt sur les *moyens d'affaiblir, d'anéan-*

tir les haines nationales, et enfin sur toutes les ma-
tières qui tiennent le plus essentiellement à la
philosophie, à la religion et à l'ordre social. A
l'étude de toutes ces questions, M. Villenave prêta
un utile concours, soit en préparant les pro-
grammes, soit enfin comme rapporteur des com-
missions nommées pour juger les mémoires. C'est
ainsi qu'en 1839, chargé du rapport du concours sur la question qui avait pour objet de dé-
terminer quelles sont les mesures législatives
propres à arrêter l'agiotage, il s'éleva aux plus
hautes considérations philosophiques.

Ces hautes questions n'étaient pas les seules
auxquelles M. Villenave appliqua ses connaissances et son zèle. Il savait s'adresser à toutes les
conditions et à toutes les classes de la société. Il
avait surtout un rare mérite d'à propos. Je dois
vous en citer un exemple : le Comité de bienfaisance de notre Société s'était adjoint comme auxi-
liaire une *association d'ouvriers et d'artisans,* fondée dans le but de soulager la misère et l'indigence.
Dans cette association, les plus nobles exemples de
charité et de dévouement ont été donnés par des
hommes dont l'aumône est surtout méritoire,
puisqu'ils prennent pour la faire sur leur nécessaire, tandis que d'autres ne prennent que sur
leur superflu. M. Villenave avait voué à cette association une vive sympathie; il aimait à se trouver à ses séances et à encourager ses travaux; il

fit plus, pour leur donner un témoignage durable de cette sympathie, il écrivit *la vie de saint Éloi, patron des ouvriers*. Ce morceau fut lu à une séance publique de la Société et excita la plus vive reconnaissance, car M. Villenave avait ainsi pris soin de faire connaître quelle avait été historiquement la vie du saint patron que les légendes pieuses ont défigurée et les chansons populaires indignement travestie.

M. Villenave était en quelque sorte devenu l'historiographe de notre Société. Qui pouvait, en effet, mieux faire connaître nos travaux que celui qui avait pris à tous une si large part. Dans la séance publique de 1834, il offrit un tableau complet de l'établissement et des travaux de la société depuis sa fondation première, et il termina en rendant un digne hommage aux membres illustres dont les travaux l'ont honorée, et qui tous avaient été ses amis ; il compléta successivement cette galerie de famille, en esquissant avec autant de goût que de vérité les portraits historiques du cardinal de Cheverus, de Gence, de Stapfer et de Goëpp qui avaient appartenu à notre société, et dont les bons exemples ont produit les plus heureux fruits. Je ne puis passer sous silence, sans le rappeler au moins par son titre, un morceau écrit par M. Villenave sur *l'Évangile, et l'Imitation de J.-C., considérés comme œuvre de morale pratique*, travail remarquable

où l'on trouve les sentiments religieux les plus
vrais qui puissent éclore dans le cœur d'un philosophe et d'un chrétien.

Il est une dernière œuvre à laquelle M. Villenave consacra avec amour, je puis le dire, ses
dernière années ; c'est le Comité de la paix.

Président de ce comité depuis son organi-
sation, il porta souvent la parole en son nom,
soit dans nos séances publiques, soit dans nos
séances mensuelles, et l'on trouve partout dans
ses discours de dignes réponses aux reproches
injustes qui n'ont pas été épargnés à cette œuvre.
M. Villenave était loin de penser que la paix per-
manente fût un rêve impossible à réaliser et que
le fronton d'un cimetière fût, ainsi que l'a dit
Leibnitz, la seule place où une pareille inscrip-
tion puisse légitimement être placée ici-bas. Il
n'a jamais pensé, du reste, que ce principe soit
rigoureux et absolu comme une vérité mathémati-
que et applicable partout et toujours, sans aucune
distinction. Il admirait le soldat combattant sur
la frontière ou mourant sur un champ de bataille
pour la cause de la liberté ou de la justice, quand
il s'agit de défendre le tombeau de nos pères ou
le berceau de nos enfants ; mais il détestait ces
guerroyeurs insensés qui, sans prendre souci du
deuil des familles, entreprennent la guerre pour
le plus misérable intérêt et n'y voient qu'un
moyen de gagner des cordons et des épaulettes.

Comme président de ce comité, M. Villenave eut
de fréquentes relations avec les sociétés de la paix
d'Europe et d'Amérique. Souvent le *hérault de la
paix* de Londres et l'*avocat de la paix* de Boston
ont cité son nom avec honneur. Il y eut cependant
toujours des nuances très distinctes entre le point
de vue de notre Société et ceux des sociétés étran-
gères sur cette grave question. Qui mieux que
M. Villenave a présenté ces différences. « Chez
« nous, disait-il, l'amour de la paix est plus en-
« core une pensée d'humanité qu'une pensée reli-
« gieuse, tandis qu'à Londres, Manchester, Boston
« et Philadelphie la pensée religieuse est plus puis-
« sante encore que la pensée d'humanité : ainsi en
« France, on appelle *crime* ce qui sur les bords de
« la Tamise et de la Delaware est appelé *péché*.
« Dans la Grande-Bretagne, c'est la crainte de
« l'enfer qui est le premier mobile de l'amour de
« la paix, chez nous on hait la guerre parce qu'elle
« est pour le monde d'ici-bas un véritable enfer
« où les générations vivantes se consument avec
« la richesse des États, les trésors de l'agriculture,
« l'éclat des lettres et des arts. »

En 1842, notre Société avait mis au concours
la question de savoir par quels moyens on pourrait réaliser une paix perpétuelle. M. Villenave fut
le rapporteur de ce concours où furent couronnés
deux mémoires qui, on peut le dire, ont eu quelque retentissement dans les deux mondes.

En 1843, il y eut à Londres un congrès de la paix où furent dignement représentées les diverses sociétés des deux mondes par plus de quatre cents délégués, et où assistèrent des hommes politiques de la plus haute importance; d'honorables sollicitations furent adressées à M. Villenave pour l'engager à y représenter notre société. Son grand âge seul s'opposa à ce qu'il acceptât une mission qui souriait à son cœur et à sa charité. La Société de la Morale Chrétienne fut représentée à ce congrès par M. le marquis de Larochefoucauld-Liancourt qui dans cette solennité réunit tous les suffrages par la noblesse de son langage. « La Société de la Morale Chrétienne », dit-il, « a depuis vingt-deux ans parlé, agi et obtenu l'estime publique en défendant toutes les « doctrines de la morale et de l'humanité; elle a « été constamment en France la société de la paix. « Le duc de Larochefoucauld-Liancourt, mon « père, a été le premier qui l'a présidée, M. le duc « de Broglie, M. Guizot, M. Benjamin Constant « lui ont succédé, et je suis venu après eux. » Quand on s'appuie sur un passé aussi glorieux on a le droit de se faire écouter. Aussi les propositions que M. de Larochefoucauld-Liancourt formula au congrès au nom de notre Société, furent-elles accueillies avec la plus vive sympathie et admises à l'unanimité. M. Villenave n'avait-il pas raison de dire en parlant de ce congrès qui fut

vraiment, un événement historique : « L'ombre
du bon abbé de Saint-Pierre a dû en tressaillir
de joie, car l'heure où se réalisera son rêve s'a-
vance à grands pas. » Quelques mois après ce
congrès, M. Villenave fut admis avec le bureau de
notre Société à présenter au roi des Français l'a-
dresse que lui avait envoyée la Société de la Paix
d'Amérique. Le roi prononça dans cette circonstance quelques-unes de ces paroles cordiales et
sympathiques qui ne manquent jamais d'avoir
de l'écho et qui furent même l'objet d'une assez
vive polémique dans les journaux du temps. Le
roi fit à M. Villenave un accueil gracieux et digne
du doyen de notre littérature et de notre société,
et il agréa l'hommage qu'il lui fit d'un ouvrage
qu'il avait composé sur le musée de Versailles.

M. Villenave prêta aussi comme président du
comité de la paix un utile concours au généreux
projet qu'avait formé un citoyen d'Amérique, M.
Gibbs, de fonder à Paris une gazette internatio-
nale qui devait servir de centre commun aux sociétés de la paix des deux mondes. Le patronage
des hommes politiques éminents en France et à
l'étranger était déjà acquis à cette œuvre dont la
réalisation complète n'a été arrêtée, ou, disons
mieux, retardée que par la mort de M. Gibbs.

Ainsi que je vous le disais tout à l'heure, les
rapports de M. Villenave ont été très fréquents
avec les membres des sociétés de la paix de l'é-

tranger et les missionnaires qu'elles envoient sur
le continent ; entre des hommes également purs
et loyaux, également pénétrés des principes de
l'évangile, il semblerait qu'aucune divergence d'o-
pinion ne pût jamais se produire. Mais, hélas! le
plus beau ciel a ses nuages ; permettez-moi donc
d'être indiscret et de vous rapporter une de ces
innocentes querelles dont peut-être seul j'ai eu
la confidence et qui s'éleva entre M. Villenave et
l'un des membres les plus zélés de la Société de
la paix de Londres. C'était en 1845, M. Villenave
avait choisi pour notre séance publique annuelle
un dimanche au lieu d'un lundi, jour tradition-
nellement adopté par notre société depuis sa fondation. Ce choix que M. Villenave avait fait pour
se conformer aux habitudes françaises, gênait les
observances méthodistes du zélé missionnaire, qui
avait fait exprès le voyage de Londres à Paris
pour assister à cette séance. Il n'y parut donc
pas, mais pour expliquer son absence il écrivit
une longue lettre à M. Villenave dans laquelle au
moyen de force citations, empruntées aux saintes écritures, il essayait de prouver que tout bon
chrétien ne pouvait, sans violer le jour du Sei-
gneur, assister le dimanche à une séance publique,
fût-ce même une séance de la Morale Chrétienne.
M. Villenave ne voulut pas être pris en défaut,
et lui qui connaissait aussi bien la bible et l'évangile que l'érudit missionnaire, mais qui les en-

tendait seulement plus largement, il écrivit une
réponse qui nécessita une réplique; enfin bref,
s'éleva une polémique en règle. Inutile de vous
dire que les rapports de bonne amitié ne furent
pas interrompus entre nos deux honorables con-
troversistes, et que cette discussion tout évangélique entre deux membres de la Société de la Paix
n'eut pas les funestes conséquences de la querelle
du vicaire de Wackefield, dont elle me rappela le
souvenir.

Enfin, Messieurs, je n'aurais pas présenté l'en-
semble des travaux de M. Villenave, si je ne vous
disais que souvent il nous fit la confidence de
ses belles poésies dont l'élaboration occupait
les loisirs de sa retraite et de sa vieillesse. Souvent il nous récita des fragments de ce poëme de
l'immortalité de l'âme dont les précieux débris
seront, nous l'espérons, recueillis pieusement
par les soins d'une famille qui conserve avec tant
de religion tout ce qui peut servir à former un
monument durable à cette belle existence. Dans
ce poëme, M. Villenave aborde, après tant
d'autres, la terrible question d'*être ou n'être pas*;
mais ce n'est plus comme le vaincu de Phar-
sale, le désespoir au cœur, ni comme le héros de
Shakespeare l'âme brisée de remords; mais au
contraire comme le véritable philosophe avec espoir, avec amour; on eût dit Platon à Sunium
contemplant avec un regard tranquille et inspiré

les immenses horizons de l'océan de l'avenir. Après tout cela, Messieurs, vous comprendrez facilement pourquoi nous sommes si fiers de la vie de M. Villenave, pourquoi nous le revendiquons comme une des gloires de notre Société. Pendant vingt-cinq ans, il nous consacra ses travaux, et nous pouvons même dire que sa dernière pensée fut encore pour nous, puisque ses mains se sont glacées quand il traçait les premières lignes du discours destiné à notre dernière séance publique, qu'il devait présider, et dont il avait réglé le programme.

Je viens d'essayer de vous dire, Messieurs, quelles ont été les œuvres de M. Villenave dans notre Société. Que ne puis-je maintenant vous faire comprendre ce que fut l'homme. En voyant ce noble vieillard dont la belle tête rappelait si bien un des vieillards d'Homère, chacun répétait ces vers du poète :

Son matin fut brillant et la jeunesse envie
L'azur calme et serein du beau soir de sa vie.

Quels trésors renfermaient cet esprit et ce cœur également distingués ! mais je m'arrête : mes paroles resteraient bien au-dessous de ce que vous savez, vous tous qui l'avez connu. Ma tâche ici se termine ; puisse l'hommage que j'ai voulu rendre à la mémoire de M. Villenave ne pas paraître indigne de l'homme auquel il s'adresse, de la famille qui pleure une mort aussi douloureuse, et de la Société qui gardera religieusement le souvenir de son illustre président.

Imp. Maulde et Renou, rue Bailleul, 9.

87